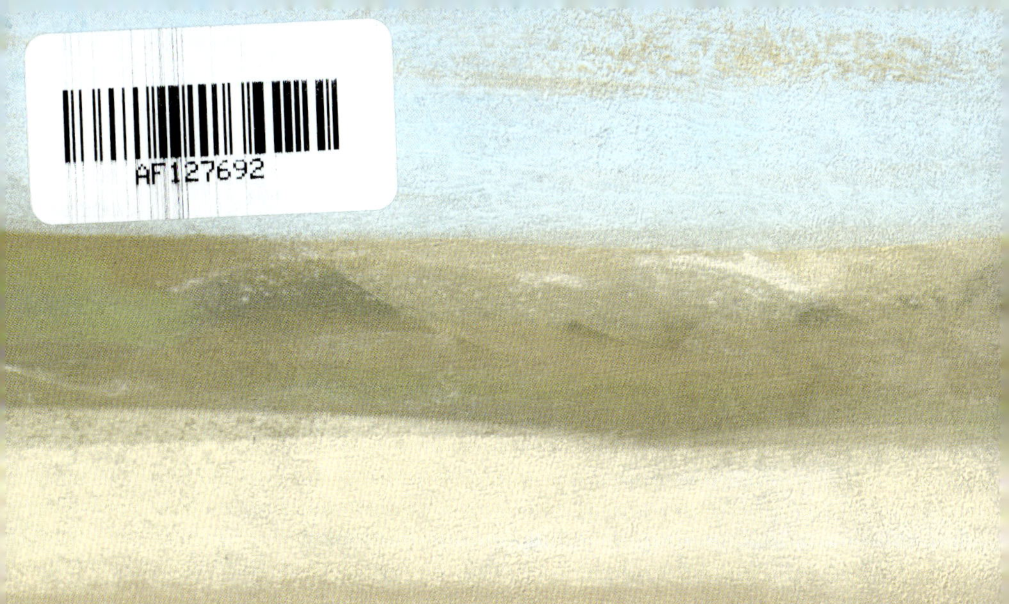

دار جامعة حمد بن خليفة للنشر
صندوق بريد 5825
الدوحة، دولة قطر

www.hbkupress.com

جميع الحقوق محفوظة.

لا يجوز استخدام أو إعادة طباعة أي جزء من هذا الكتاب بأي طريقة دون الحصول على الموافقة الخطية من الناشر باستثناء حالة الاقتباسات المختصرة التي تتجسد في الدراسات النقدية أو المراجعات.

الطبعة العربية الأولى عام 2022

الترقيم الدولي: 9789927161391

تمت الطباعة في الدوحة-قطر.

مكتبة قطر الوطنية بيانات الفهرسة – أثناء – النشر (فان)

العالي، لينا، مؤلف.

غزالة : رأس عشيرج / تأليف لينا العالي ؛ رسوم فادي سلامة. الطبعة العربية الأولى. – الدوحة، دولة قطر : دار جامعة حمد بن خليفة للنشر، 2022.

49 صفحة ؛ 22 سم. – سلسلة مفتاح الأزمنة
تدمك: 978-992-716-139-1

1. قصص الأطفال العربية. 2. القصص القصيرة. أ. سلامة، فادي، رسام. ب. العنوان.

PZ10.731. A45 2022

892.737– dc23

202228564698

سلسلة مفتاح الأزمنة

غَزَالَةُ

رأس عشيرج

تأليف: لينا العالي

رسوم: فادي سلامة

دار جامعة حمد بن خليفة للنشر
HAMAD BIN KHALIFA UNIVERSITY PRESS

الفصلُ
الأولُ

اعتـادَ عبـدُ اللـهِ زيـارةَ جـدِّهِ كلَّ يـومِ جمعـةٍ، وقضـاءَ عُطلـةِ نهايـةِ الأسـبوعِ مـعَ أخوَيْـهِ جاسـمٍ والجُـورِي في بيـتِ جدِّهـما، شـمالَ قطـرَ.
يُحـبُّ عبـدُ اللـهِ وأخـواهُ زيـارةَ جدِّهـم كثـيرًا، لعـدَّةِ أسـبابٍ: فبيـتُ الجـدِّ جميـلٌ وقديـمٌ عـلى طِـرازِ البيـوتِ الشـعبيةِ القطريـةِ التـي تنبِـضُ بالمحبـةِ العائليـةِ والتواصـلِ الأسريِّ، والجـدُّ لطيـفٌ جـدًّا وودودٌ، ويحفـظُ الكثـيرَ مـن الحكايـاتِ والسَّـوالفِ والأحاديـثِ الشـيِّقةِ التـي تقـودُ الأحفـادَ إلى مغامـراتٍ ممتعـةٍ. فمنطقـةُ الشـمالِ غنيـةٌ بالأماكـنِ الأثريـةِ، مثـلَ: قلعـةِ الزُّبـارةِ وخـورِ حسـانَ والمناطـقِ الطبيعيـةِ الخلَّابـةِ أيضًـا، مثـلَ مَحميَّـةِ رأسِ عشـيرج.
منـذُ سـنواتٍ، يأخـذُ الجـدُّ أحفـادَهُ إلى تلـكَ المحميَّـةِ، حيـثُ يُحتفَـظُ فيهـا بأنـواعٍ نـادرةٍ مـن الغـزلانِ القطريـةِ حمايـةً لهـا مـن الانقـراضِ.
وقـد كادت الغـزلانُ تنقَـرِضُ، وتختفـي تمامًـا مـن قطـرَ قبـلَ إنشـاءِ هـذه المحميَّـةِ، وحـينَ سـألَ الأحفـادُ عـن السـببِ في ذلـك، أجابهـم الجـدُّ بقولِـهِ: «هنـاكَ خطـرُ الصيَّاديـن، وخطـرُ المـوتِ مـن الجـوعِ والعطـشِ بسـببِ الجفـافِ والقحْـطِ في الصيـفِ القـاسي».
صحيـحٌ أن الأحفـادَ الثلاثـةَ يحبـون زيـارةَ بيـتِ جدِّهـم بالقَدْرِ نفسِـهِ، لكـنَّ عبـدَ اللـهِ يُحـبُّ زيـارةَ المحميَّـةِ، أكـثرَ مـن جاسـمٍ والجُـورِي.
هنـاكَ علاقـةٌ مميـزةٌ بـينَ عبـدِ اللـهِ والغـزلانِ منـذُ الصغـرِ، فهو شديدُ الحبِّ لها، ويتمنَّى أن يصبحَ رشيقًا وسريعًا مثلَها.

الجُـورِي وجاسـمٌ يعتقـدان أن هـذا مسـتحيلٌ، لأنَّ عبـدَ اللـهِ يُحـبُّ الأكلَ كثـيرًا.

طَـوالَ فصلَي الشـتاءِ والربيـعِ يـزورُ عبدُ اللـهِ المحميَّـةَ برفقـةِ جدِّهِ.

ولم يتغيَّـبْ أبـدًا عـن الزيـارةِ كـما تفعلُ الجُـورِي أو يفعـلُ جاسـمٌ.

اليـومَ، وبعـدَ نهايةِ أيـامِ الصيـفِ الحارَّةِ، يسـتعدُّ الجـدُّ للذهـابِ مـعَ عبدِ اللهِ إلى المحميّـةِ لرؤيـةِ الغـزلانِ وخاصَّـةً الريـمَ، وهـي الغزالـةُ التـي تتميزُ بجمالٍ باهرٍ ورشـاقةٍ جذابـةٍ. إنهـا غزالـةُ عبـدِ اللـهِ المفضَّلـةُ. عـلى الرغـمِ مـن أن الغـزلانَ تتشـابهُ إلى درجـةٍ كبـيرةٍ، فـإن الريـمَ تتميـزُ بذيلِهـا الرمـليِّ اللـونِ المرقـطِ ببضـعِ نقـاطٍ بيضـاءَ. وهـذا ليـسَ سـببَ تميُّزِهـا عنـدَ عبـدِ اللـهِ، بـل يعتقـدُ عبـدُ اللـهِ أنهـا ذكيـةٌ وفَطِنـةٌ وشـجاعةٌ.

حـينَ وصلـتِ الأسرةُ إلى بيـتِ الجـدِّ، سـارعَ عبـدُ اللـهِ إلى سـؤالِ جـدِّهِ: «جـدِّي! أصبحَ الطقـسُ أفضـلَ ولم تَعُـد الحـرارةُ مرتفعـةً كثـيرًا، فهـل سـنذهبُ كـما وعدتَنـي إلى المحميَّـةِ؟»

ضَحِـكَ الجـدُّ وأجـابَ: «بالتأكيـدِ يـا عبـدَ اللـهِ! فأنـا متحمِّـسٌ مثلـكَ لرؤيـةِ غـزلانِ محميَّـةِ «رأسِ عشـيرج»».

ضَحِـكَ جاسـمٌ بـدورهِ وقـالَ: «لا يـا جـدِّي! لا أحـدَ متحمِّـسٌ لهـذهِ الزيـارةِ مثـلَ عبـدِ اللـهِ، لقـد أصابَنـا الصـداعُ في البيـتِ مـن أحاديثِـهِ المتكـررةِ عـنِ المحميَّـةِ».

قاطعتْـهُ الجُـورِي: «والريـمُ! إنـه دائـمُ الحديـثِ عنهـا، ويقـولُ إنهـا ذكيـةٌ! حتـى أنني أفكـرُ أن أسـتعينَ بهـا لتعلِّمنـي بعـضَ المسـائلِ الحسـابيةِ».

عبدُ اللـهِ: «لا تسـخري منـي ومـن غزالتـي. فـكلُّ هـذا الـكلامِ لـن يقلِّـلَ مـن حماسـتي لزيـارةِ المحميَّـةِ».

تدخَّلـت الجـدَّةُ: «ألا يوجـدُ بينكـم مـن هـو متحمِّـسٌ للهريـسِ الـذي أعددتُـهُ؟»

صاحَ الجميعُ بحماسةٍ وسعادةٍ: «بلى! بلى!»

انطلقَ الجميعُ لتناولِ الغداءِ.

الفصلُ
الثاني

انتهى الغداءُ، وشربَ الجميعُ الشايَ وأكلوا اللُّقيماتِ اللذيذةَ، ثم استعدَّ الجدُّ وحفيدُهُ عبدُ اللهِ لزيارةِ المحميَّةِ.

سألَ الجدُّ حفيدتَهُ الجُورِي: «ألن تأتي معنا؟»

أجابت الجُورِي: «لا يا جدِّي، ليسَ اليومَ، فقد وعدَتْني صديقتي أن تتصلَ بي من أميركا، لأتكلمَ مع خالتِها التي تعملُ في وَكالةِ ناسا الفضائيةِ».

ابتسمَ الجدُّ: «آه! هذا رائعٌ! ابقَي هنا إذًا، فقد لا تكونُ شبكةُ الهاتفِ جيدةً في المحميَّةِ».

وافقَتْهُ الجُورِي: «نعم صحيحٌ، ربما يرغبُ جاسمٌ في مرافقتِكما».

التفتَ الجدُّ إلى جاسمٍ، فقالَ جاسمٌ بارتباكٍ: «لا، لقد جلبتُ كتبي معي، سأتقدَّمُ لاختبارٍ مهمٍّ يومَ الأحدِ، يجبُ أن أكتبَ نصًّا مفصَّلًا عن اختراعٍ ما غيَّرَ البشريةَ».

صاحَ عبدُ اللهِ: «آه! يا ويلي! وأنا أيضًا يجبُ أن أُقدِّمَ بحثًا عن موضوعٍ بيئيٍّ! لقد نسيتُ تمامًا».

قالت الجُورِي: «بالتأكيدِ! حماسُكَ لزيارةِ المحميَّةِ جعلكَ تنسى».

بدا القلقُ والحزنُ على عبدِ اللهِ، فقالَ الجدُّ باسمًا: «لا تقلقْ يا عبدَ اللهِ، ستجدُ موضوعًا جيدًا تكتبُ عنهُ حينَ نعودُ».

أحضرَ السائقُ السيارةَ، وانطلقَ الجدُّ وعبدُ اللهِ في مشوارِهما.

شعرَ عبدُ اللهِ بالقلقِ عندما تذكَّرَ الواجبَ، فأعطاهُ جدُّهُ كاميرا فوتوغرافيةً، وقالَ لهُ: «التقطْ صورًا للمحميَّةِ ولكلِّ ما فيها».

سألَ عبدُ اللهِ: «لماذا؟»
أجابَ الجدُّ: «ربما تكتبُ واجبَكَ عن المحميَّةِ والغزلانِ، ما رأيُكَ؟»
وجدَ عبدُ اللهِ الفكرةَ رائعةً، فصاحَ: «أنت رائعٌ يا جدِّي! هذا موضوعٌ بيئيٌّ ممتازٌ».

الجدُّ: «أنتَ تعرفُ الكثيرَ عن المحميَّةِ، فقد أُسِّسَتْ لحمايةِ البيئةِ القطريةِ وحمايةِ أنواعِ الغزلانِ في بلادِنا، كما أنك تعرفُ أنَّ الغزلانَ تتمتَّعُ بذكاءٍ عالٍ ورشاقةٍ كبيرةٍ. هل تذكرُ أنواعَها؟»
ردَّ عبدُ اللهِ بحماسٍ: «نعم، غزالُ الريمِ العربيُّ وغزالُ الآدميِّ والمها».
الجدُّ: «صحيحٌ، ففي عامِ ١٩٩٤ نُقلَ عشرون رأسًا من المها العربيِّ من استراحةِ الشَّحَانيةِ إلى هذهِ المحميَّةِ، وقد تزايدتْ أعدادُها بفضلِ الرعايةِ الصحيةِ والغذائيةِ، وكذلك غزلانُ الرَّمْلِ

أو الريـمُ التـي كادتْ تنقـرضُ قبـلَ فـترةٍ. الحمـدُ للـهِ أننـا أنقذناهـا».
قـالَ عبـدُ اللـهِ: «بالفعـلِ، لا يمكنُنـي أن أتخيـلَ أن تختفـيَ هـذه الغـزلانُ الجميلـةُ مـن عالمِنـا».
الجدُّ: «بـذلَ المشرفـون علـى المحميَّـةِ الكثـيرَ مـن الجهـدِ لإنقـاذِ تلـكَ الحيوانـاتِ والنباتـاتِ، فاختفـاءُ النبـاتِ الـذي تتغـذَّى عليـهِ الحيواناتُ مـن أسـبابِ انقراضِها».
عبـدُ اللـهِ: «صحيـحٌ، لـذا أراهـم يزرعـون المزيـدَ مـن النباتـاتِ والأشـجارِ كلَّ مـرةٍ».
الجدُّ: «بالتأكيدِ، لا بدَّ أن يفعلوا».
عبدُ اللهِ: «ولكـنْ، لماذا زرعـوا في أنحاءٍ متفرقـةٍ مـن المحميَّـةِ الكثيرَ مـن أشـجارِ النخيـلِ والسِّـدرِ والغـافِ؟
هـل تـأكلُ الغـزلانُ النخيـلَ مثلًا؟»

الجـدُّ: «لا يـا عزيـزي، زرعَ المشرفـون تلـكَ الأشـجارَ لإضفـاءِ لمسـةٍ جماليـةٍ علـى المحميَّـةِ، وكي تؤمِّـنَ أماكـنَ ظليلـةً في الحـرِّ الشـديدِ».
عبـدُ اللـهِ: «صحيـحٌ، أنـتَ مُحِـقٌّ يـا جـدِّي، كنـتُ أفكِّـرُ خـلالَ الصيـفِ في الريـمِ، وأتسـاءلُ كيـفَ تسـتطيعُ مقاومـةَ الحـرِّ الشـديدِ».
الجـدُّ: «الغـزلانُ تحتمـلُ حـرَّ الصحـراءِ، وعلينـا أن نسـاعِدَها في الوقـتِ نفسـهِ، بتوفـيرِ ميـاهٍ جاريـةٍ في المحميَّـةِ وزراعـةِ كلِّ تلـكَ الأشـجارِ».
صمتَ عبدُ اللهِ، فقالَ الجدُّ: «أنتَ مشتاقٌ للريمِ! صحيحٌ».

عبدُ اللهِ: «نعم، أتمنى أن تكونَ بخيرٍ».
الجدُّ: «إنها بخيرٍ، بعدَ دقائقَ قليلةٍ ستتأكدُ من ذلكَ».
توقفت السيارةُ أمامَ بوابةِ المحميَّةِ الرئيسيةِ، وقد كانتْ مغلقةً على غيرِ العادةِ.
نزلَ الجدُّ ومعهُ عبدُ اللهِ ليكلِّما الحُرَّاسَ.
قالَ أحدُ الحُرَّاسِ: «المحميَّةُ مغلقةٌ اليومَ».
تعجَّب الجدُّ: «لماذا؟ فهي لم تُغلقْ من قبلُ في مثل هذا الوقت».
قالَ الحارسُ: «هناكَ مشكلةٌ، غزلانُ الرَّمْلِ مصابةٌ بمرضٍ».
اندفع عبد الله بقلق نحو الحارس: «أيُّ مرضٍ؟ ماذا بها؟ والريم؟ هل هي مريضة أيضًا؟»
دُهِش الحارس من أسئلة عبد الله وتوتُّره ولم يعرف بمَ يجيب، فسألَ: «مَا الريمُ؟»
حاولَ الجدُّ أن يشرحَ للحارسِ بقولهِ: «حفيدي عبدُ اللهِ يُحبُّ غزلانَ الريمِ كثيرًا، وهناكَ غزالةٌ يهتمُّ بها منذُ سنواتٍ، وهي تهمُّهُ كثيرًا».
الحارسُ: «آه فهمتُ، جميعُنا نُحبُّ تلكَ الغزلانَ الجميلةَ، لكنْ للأسفِ، أصابَها مرضٌ غريبٌ».

عبدُ اللهِ: «ما هو؟»
الحارسُ: «قروحٌ تظهرُ في قرونِها وتسبِّبُ سقوطَها».
الجدُّ: «هل تسببُ الموتَ؟»
الحارسُ: «نعم، ماتَ غزالان حتى الآنَ».
شَهِق عبدُ اللهِ، وازدادَ توترُهُ وخوفُهُ: «هل الريمُ بخيرٍ؟ أريدُ أن أراها الآنَ».
هزَّ الحارسُ رأسَه رافضًا: «لا، لا يمكنُ لأحدٍ الدخولُ».
أخذَ الجدُّ حفيدَهُ بضعَ خطواتٍ بعيدًا عن الحارسِ، وقالَ لهُ: «لا تقلقْ، سأتصلُ بأصدقائي الذين يعملون في المحميَّةِ، وسأطلبُ مساعدتَهم».
ارتاحَ عبدُ اللهِ قليلًا، وانتظرَ أن يُنهيَ جدُّهُ اتصالاتهِ.
تواصلَ الجدُّ مع أصدقائهِ، ووعدوهُ بأن يحصلوا لهُ على إذنٍ بالدخولِ إلى المحميَّةِ في الغدِ.
أخبرَ الجدُّ حفيدَهُ: «سنأتي في الغدِ، سيرسِلون لي إذنًا خاصًّا بالزيارةِ».
عبدُ اللهِ: «ألا يمكنُني أنْ أرى الريمَ اليومَ؟»
الجدُّ: «لا، إن غدًا لناظرهِ قريبٌ».
عبدُ اللهِ: «هل يمكنُ أنْ نتأكدَ إنْ كانتْ حيَّةً؟»
الجدُّ: «نعم هي حيَّةٌ ترزقُ، الغزالان اللذان نَفَقَا ذكران، لم تمُتْ أيُّ غزالةٍ أنثى».
تنفَّسَ عبدُ اللهِ الصُّعَداءَ، واتجهَ نحوَ السيارةِ.
قبلَ أنْ يفتحَ عبدُ اللهِ البابَ نظرَ نظرةً أخيرةً إلى المحميَّةِ، وقالَ بصوتٍ هامسٍ: «لا تخافي يا غزالتي، سأعودُ لأراكِ».

الفصلُ
الثالث

عادَ عبدُ اللهِ حزينًا إلى بيتِ جدِّهِ، كانَ أخواه في انتظارِه ليلعبا معَهُ الشطرنجَ والدامةَ، لكنهما وجداهُ في مِزاجٍ سيِّئٍ.

شرحَ الجدُّ للأسرةِ ما حصلَ في المحميَّةِ، فبدا على الجميعِ القلقُ.

قالتْ والدةُ عبدِ اللهِ: «هذا أمرٌ محزنٌ، تلكَ الغزلانُ ثروةٌ حقيقيةٌ، أتمنَّى أن يجدوا الحلَّ المناسبَ لهذهِ المشكلةِ بسرعةٍ».

أضافتِ الجدَّةُ: «سيجدونَ الحلَّ بإذنِ اللهِ، لا تَقْلَقُوا».

الجُورِي: «ألا يمكنُكَ المساعدةُ يا جدِّي؟ أنتَ تعرفُ الكثيرَ من الأمورِ عن الغزلانِ، حدَّثتَنا كثيرًا عنها».

الجدُّ: «صحيحٌ، أنا أعرفُ الكثيرَ، لكنْ ليسَ كلُّ شيءٍ».

صمتَ الجميعُ وهم يشعرون بالحزنِ، فأنشدَ الجدُّ بيتًا شعريًّا:

«فقُلْ لمن يدَّعي في العلمِ فلسفةً حفظتَ شيئًا وغابتْ عنكَ أشياءُ»

سألَ جاسمٌ: «هل هذا البيتُ للمتنبي؟»

أجابَ الجدُّ: «لا، أنشدتُهُ أكثرَ من مرَّةٍ وأخبرتُكم بأنَّهُ لأبي نواسٍ».

رد جاسمٌ: «آسفٌ يا جدِّي، عرفتُ شيئًا وغابتْ عنِّي أشياءُ».

ضَحِكَ الجميعُ باستثناءِ عبدِ اللهِ.

قالَ الجدُّ: «لم أسمعْ عن هذا المرضِ، وما أعرفهُ قرأتُهُ في الكتبِ».

انتبهَ عبدُ اللهِ لأمرٍ مهمٍّ، وصاحَ قائلًا: «المكتبةُ!»

قالَ الجدُّ: «صحيحٌ، تعالَ يا عبدَ اللهِ معي لعلَّنا نجدُ شيئًا في مكتبتي».

قالَ عبدُ اللهِ: «سأجلبُ معي الآيبادَ وأبحثُ في شبكةِ المعلوماتِ».
أمضى عبدُ اللهِ وجدُّهُ ساعةً كاملةً يبحثان في الكتبِ وشبكةِ المعلوماتِ عن معلوماتٍ حولَ القروحِ التي تصيبُ الغزلانَ.
جمعا كلَّ المعلوماتِ المهمةِ، وقرَّرا أن يقدِّماها في الغدِ لطبيبِ المحميَّةِ.
شعرَ عبدُ اللهِ بالجوعِ، فقالَ: «سأذهبَ لأحضرَ بعضَ اللُّقيماتِ، هل تريدُ أن تأكلَ يا جدِّي؟»
الجدُّ: «لا، سنتناولُ العشاءَ بعدَ قليلٍ، ألم نتفقْ ألَّا تُفرطَ في أكلِ الحلوياتِ؟»
عبدُ اللهِ: «صحيحٌ، لكني جائعٌ».
الجدُّ: «حسنًا، كُلْ تفَّاحةً أو برتقالةً، يجبُ أن تتجنَّبَ الحلوياتِ، ألم تَعِدِ الريمَ بأنْ تصيرَ رشيقًا مثلَها؟»
عبدُ اللهِ: «نعم، وعدْتُها ووعدْتُ الجميعَ، لكني أشعرُ بالجوعِ بشكلٍ متواصلٍ».
وقعتْ عينا عبدِ اللهِ على عبارةٍ في كتابٍ تراثيٍّ أمامَهُ، فقالَ: «انظرْ هنا يا جدِّي! في هذا الكتابِ جملةٌ تقولُ: إنَّ الغذاءَ هو أفضلُ دواءٍ».
الجدُّ: «المقصودُ هنا هو الغذاءُ الصحِّيُّ، وليسَ الحلوى».
شعرَ عبدُ اللهِ بالإحراجِ، فجدُّهُ على حقٍّ، ولذا تابعَ تصفُّحَ أحدِ الكتبِ التراثيةِ.
فتحَ الجدُّ خزانةً صغيرةً يحفظُ فيها علبةً من التَّمرِ، قدَّمَ علبةَ التمرِ لعبدِ اللهِ، وقالَ لهُ: «التمرُ سيُشعركَ بالشِّبَعِ كما سيُغذِّي عقلَكَ ويعطيكَ الطاقةَ، هذا ما يقصدُهُ الكتابُ».

اقترَبَ الجدُّ من الكتابِ، وقد رأى صورةً لفتتْ انتباهَهُ، فقالَ: «هذهِ النبتةُ تكادُ تنقرضُ للأسفِ».

قرأَ عبدُ اللهِ المكتوبَ عن النبتةِ: «كثُرَتْ هذه النبتةُ في البوادي العربيةِ، تحديدًا حيثُ عاشتْ قُطعانُ الغزلانِ».

الجدُّ: «ما اسمُها؟»

عبدُ اللهِ: «لا يمكنُني قراءةُ الاسمِ، الاسمُ ممحوٌّ».

أمسكَ الجدُّ الكتابَ وحاولَ أن يقرأَ اسمَ النبتةِ، لكنَّ بعضَ كلماتِ ذلكَ الكتابِ كانتْ ممحوَّةً، فالكتابُ قديمٌ جدًّا.

قرأَ عبدُ اللهِ وجدُّهُ بعضَ المعلوماتِ عن الغزلانِ، لكنهما لم يجدا شيئًا عن أمراضِها.

شعرَ عبدُ اللهِ بالتعبِ، فجلسَ على الأرضِ ودمعتْ عيناهُ.

لاحظَ جدُّهُ الأمرَ فسألَهُ: «ما بكَ؟ لِمَ تبدو حزينًا هكذا؟ يمكنكَ الذهابُ إلى المطبخِ، إذا كنتَ جائعًا...».

قاطعَـهُ عبـدُ اللـهِ: «لا، لا، لسـتُ جائعًـا، أشـعرُ أني فقـدْتُ شـهيَّتي، أنـا حزيـنٌ لأجلِ الغـزلانِ، وأخـشى أن تُصـابَ الريـمُ بالمـرضِ، مـن يـدري، ربما كانـتْ تتـألمُ الآنَ».

اقـتربَ الجـدُّ مـن حفيـدِهِ، وقـالَ لـهُ مطمئنًـا: «لا تفكِّـرْ في السُّـوءِ، غـدًا سـنزورُ المحميَّـةَ ونطمـئنُ، أشـعرُ أن الريـمَ بخيرٍ».

مسحَ عبدُ اللهِ دموعَهُ وقالَ: «أرجو ذلكَ».

ردَّ الجـدُّ: «اذهـبْ واشربْ بعـضَ المـاءِ، واطلـبْ مـن جدَّتِـكَ وأمِّـكَ أن تجهِّـزا العشـاءَ».

قالَ عبدُ اللهِ: «حسنًا، لكنني لن أتعشَّى، لم أعدْ جائعًا».

غادرَ عبدُ اللهِ المكتبةَ، وبقيَ الجدُّ يقرأُ ويبحثُ.

وبينـما هـو يبحـثُ بـينَ كتبِـهِ وجـدَ مِفتـاحَ الأزمنـةِ العجيـبَ، أرادَ أن يُخبِّئَـهُ في مـكانٍ آمـنٍ، لكـنَّ عبـدَ اللـهِ كانَ قـد رجـعَ، ورأى جـدَّهُ يُمسـكُ ذلـكَ المفتـاحَ العجيـبَ.

سـألَ عبـدُ اللـهِ: «مـا هـذا المِفتـاحُ يـا جـدِّي!! هـل هـو مـن بـلادِ العجائبِ؟

هل هـو مفتـاحُ كنـزٍ مـا؟ أم مِفتـاحُ بابٍ سـحريٍّ؟»
ضَحِـكَ الجـدُّ ضَحِكَـةً خفيفـةً، وقـالَ: «ليـسَ تمامًـا، الأكيـدُ أنـه ليـسَ مِفتاحًـا عاديًّـا».
عبدُ اللهِ: «لأيِّ بابٍ هو؟ أو لأيِّ صندوقٍ؟»
الجدُّ: «هو مَنْ يحدِّدُ ذلك».
عبدُ اللهِ: «كيفَ؟!»
الجـدُّ: «هـذا المِفتـاحُ يختـارُ بابَـهُ وصندوقَـهُ وخزانَتَـهُ، يبـدأُ بالاهتـزازِ حـينَ يصِـلُ إلى مـرادِهِ».
عبـدُ اللـهِ: «مـرادُهُ؟ هـل تقـرِّرُ المفاتيـحُ مـا تريـدُهُ؟ هـذا عجيـبٌ بالفعـلِ».
الجدُّ: «تمامًا، أخبرتكَ أنهُ مِفتاحٌ عجيبٌ».
اقـتربَ عبـدُ اللـهِ بذهـولٍ مـن المِفتـاحِ وسـألَ جـدَّهُ: «هـل يمكنُنـي أن أُمسـكَ بِـهِ؟»
أجابَ الجدُّ: «بكلِّ سرورٍ».
أخـذَ عبـدُ اللـهِ المِفتـاحَ برفـقٍ، وتأمَّلَـهُ بدهشـةٍ كبـيرةٍ، شـعرَ براحـةٍ وانـشراحٍ في لمحـةِ عـينٍ، لم يَعُـدْ حزينًـا أو قَلِقًـا، كـما فُتِحـتْ شَـهيَّتهُ أيضًـا.
قالَ: «الآنَ يمكنُني تناولُ العشاءِ معَكُم».
الجـدُّ: «أظـنُّ أن المِفتـاحَ أحبـكَ كـما أحبَبْتَـهُ، لـذا سـأتركُهُ معـكَ لبعـضِ الوقـتِ كي يبقـى مِزاجُـكَ رائقًـا».
عبدُ اللهِ: «شكرًا يا جدِّي، شكرًا».
الجدُّ: «ضعهُ في جيبِكَ، وهيا لنتعشَّى معًا».

الفصلُ
الرابع

في الصباحِ التالي، ذهبَ عبدُ اللهِ والجدُّ إلى المحميَّةِ.

كانَ التصريحُ بالدخولِ جاهزًا عندَ الحرَّاسِ، أدخلوهما إلى المحميَّةِ بكلِّ تَرحابٍ. لاحظَا ارتباكَ العاملين، والفوضى التي تعمُّ المكانَ.

لم يفهمْ عبدُ اللهِ ما يجري. كانتِ الغزلانُ تقفزُ من مكانٍ إلى آخرَ، والعاملون يتجولون بينَها وكأنهم يبحثون عن شيءٍ ما.

سألَ الجدُّ أحدَ العاملين: «ماذا يجري هنا؟»

قالَ العاملُ: «هناكَ غزالةٌ مفقودةٌ، لم نجدْها في أيِّ مكانٍ».

شعرَ عبدُ اللهِ بالقلقِ، وراحَ يبحثُ عنِ الريمِ، ليعرفَ إنْ كانتْ مريضةً أم لا.

لم يجِدْ عبدُ اللهِ غزالَتَهُ، فسارعَ إلى أحدِ الأطبَّاءِ البيطريين، وسألَهُ: «هلْ ماتتِ الريمُ؟ هل ماتتْ غزالتي؟»

لم يفهمِ الطبيبُ (ما المقصودُ بالريمُ) فسألَ: «ماذا تقصدُ؟ ما مواصفاتُ غزالتُكَ؟»

أجابَ عبدُ اللهِ: «الغزالةُ ذاتُ الذيلِ المرقَّطِ بالبياضِ والسَّوادِ؟»

هزَّ الطبيبُ رأسَهُ: «لا، لم تمتْ، تلكَ هي الغزالةُ المفقودةُ، سبقَ أن هرَبَتْ قبلَ يومين، أظنُّ أنها هربتْ مجددًا».

عبدُ اللهِ: «هرَبَتْ؟ لكنْ إلى أين؟»

الطبيبُ: «خارجَ المحميَّةِ، تلكَ الغزالةُ غريبةٌ، الغزلانُ تُحبُّ أن تعيشَ في مجموعاتٍ إلَّا تلك الغزالةَ، فمنذُ ظهورِ المرضِ وهي تحاولُ الهربَ، ربما تريدُ أن تنجوَ بجمالِها، يقولُ العمَّالُ هنا: إنها تعرفُ كمْ هي جميلةٌ ومميزةٌ، ويقولون: إنها مغرورةٌ!»

عبدُ اللهِ: «غيرُ صحيحٍ، الريمُ تُحبُّ عائلَتَها، لا بدَّ من وجودِ سببٍ آخرَ لهروبِها».

الطبيبُ: «أرجو ألَّا تدهَسَها سيارةٌ أو يصطادَها صيَّادٌ ما».

تلفَّتَ عبدُ اللهِ حولَهُ مثلَ المجنونِ.

ثم ركضَ نحوَ جدِّهِ وهو يصرخُ: «جدِّي! جدِّي! الريمُ! الريمُ هربتْ! هربتْ!»

فأجابَهُ الجدُّ: «اهدأْ يا عبدَ اللهِ، سنجدُها، بل ستجدُها أنتَ، فهي تعرفُ صوتَكَ وتألَفُكَ، سنبحثُ عنها وستُناديها، وحينَ تسمعُ صوتَكَ ستعودُ».

حاولَ الجدُّ أن يفعلَ ما بوسعِهِ لتهدئةِ عبدِ اللهِ، ثم اقترحَ عليه أن ينطلِقا للبحثِ عنِ الريمِ خارجَ المحميَّةِ.

لا تزالُ الشمسُ في أولِ النهارِ، والحرُّ ليسَ شديدًا.

قالَ الجدُّ مقترحًا: «سنفترقُ هنا، وستذهبُ أنت شرقًا وأنا غربًا، سنمشي لمدَّةِ عشرِ دقائقَ فقط، ثم نعودُ لنلتقيَ هنا عندَ بوابةِ المحميَّةِ».
عبدُ اللهِ: «حاضرٌ يا جدِّي».

الفصلُ
الخامس

تركَ عبدُ اللهِ خطواتِهِ تقودُهُ، فلمْ يحدِّدْ في أيِّ اتجاهٍ يمضي.

وبعدَ ثلاثِ دقائقَ، لاحظَ غبارًا في الأفقِ.

قالَ في نفسِهِ: «ما سببُ ذلكَ الغبارُ؟ هل ستهبُّ عاصفةٌ رمليةٌ؟»

توتَّـرَ عبـدُ اللـهِ حـينَ تخيَّـلَ حـدوثَ عاصفـةٍ رمليـةٍ وسـطَ ذاكَ المـكانِ المُقْفِـرِ.

وقـرَّرَ أن يخلـعَ غترتَـهُ ويحوِّلَهـا إلى قنـاعٍ، لكنهـا وقعـتْ منـهُ في أثنـاءِ محاولَتِـهِ ذلك.

وبينما كانَ يرفَعُ الغترةَ عن الرمالِ رأى آثارَ حوافرَ.

راقبَ الآثارَ جيدًا، وحدَّثَهُ قلبُهُ بأنها قد تكونُ آثارَ الريمِ.

تتبَّعَ الآثارَ حتى وجدَها أخيرًا.

إنَّها هي، الريمُ، ذاتُ الذيلِ الرمليِّ المرقَّطِ.

لمحَها عبدُ اللهِ واقفةً في مكانِها يحيطُ بها الغبارُ.

اقتربَ منها بحذرٍ وهو يخشى أن تجفُلَ وتفِرَّ خوفًا منْهُ.
كانـتِ الغزالـةُ تحفِـرُ ولم تلتفـتْ إليـهِ. بـدأتْ تـضربُ بحافرِهـا الأرضَ، فيتصاعـدُ المزيـدُ مـن الغبـارِ.
لفَّ عبدُ اللهِ الغترةَ حولَ أنفِهِ وفمِهِ، واقتربَ برفقٍ من الريمِ.
التفتَـتْ نحـوهُ، فمـدَّ يـدَهُ نحوَهـا برفـقٍ كأنـه يطمئنُهـا، وقـالَ: «لا تخافي، هذا أنا، صديقُكِ».
عرفـتِ الغزالـةُ صديقَهـا، لم تخـفْ ولم تفِـرَّ، بـل أحنَـتْ رأسَـها قليـلًا، فـرأى عبـدُ اللـهِ بعـضَ القـروحِ في قرنَيْهـا الصغيريـن.
شهِقَ عبدُ اللهِ: «آه! يا ربِّي! حماكِ اللهُ يا غزالتي!»
اقـتربَ أكـثرَ مـن الغزالـةِ ليُعايـنَ قروحَهـا فلـمْ تسـمحْ لـه، وضربـتِ الأرضَ بحافرِهـا مـرارًا وبقـوةٍ أكـبَر هـذهِ المـرَّةَ.
تسـاءلَ عبـدُ اللـهِ: «عـمَّ تبحثـينَ؟ مـا الأمـرُ؟ ولمـاذا تفرِّيـن مـن المحميَّـةِ؟ يقولـون إنـك تريديـن أن تهربي مـن المـرضِ، فأنـتِ مصابـةٌ بـه، كنـتُ متأكـدًا مـن أنـك لسـتِ أنانيـةً أو مغـرورةً، لكنـي لا أفهـمُ لمـاذا تضربـين الأرضَ؟»
أمعـنَ عبـدُ اللـهِ النظـرَ في الحفـرةِ التـي صنعتْهـا الغزالـةُ، اقـتربَ منهـا أكـثرَ وأزاحَ بعـضَ الرمـالِ، فوجـدَ آثـارًا لكثـيرٍ مـن الجـذورِ.
قـالَ عبـدُ اللـهِ: «يبـدو أن نباتًـا كانَ مسـتقرًّا هنـا، ربمـا يعـرفُ جـدِّي نوعَـهُ واسـمَهُ، ليتنـي أعـرفُ لمـاذا تحفريـن هنـا أيَّتُهـا الريـمُ؟!»
لم يسـتطعْ عبـدُ اللـهِ تنفيـذَ أوامـرِ جـدِّهِ والعـودةَ إلى بوابـةِ المحميَّـةِ، أرادَ أن يعـرفَ مـاذا تريـدُ الغزالـةُ، ولـذا قـرَّرَ أن ينتظـرَ قليـلًا.

الفصلُ
السادس

تابعتِ الغزالـةُ النَّقـرَ، وراحَ عبـدُ اللـهِ يحفـرُ مثلَها بـينَ الجـذورِ اليابسـةِ.

ثم فجأةً، ارتفعَ صوتٌ حديديٌّ حادٌّ: «ترن ن ن ن ن».

بعدَ ثوانٍ قليلةٍ وجدَ عبدُ اللهِ غطاءً حديديًّا كأنَّهُ غطاءُ بئرٍ.

توقَّفت الغزالةُ عنِ الحركةِ، واهتزَّ شيءٌ في جيبِ عبدِ اللهِ.

وضـعَ عبـدُ اللـهِ يـدَهُ في جيبـهِ، وأخـرجَ المِفتـاحَ العجيـبَ «مِفتـاحَ الأزمنـةِ».

تابـعَ عبـدُ اللـهِ إبعـادَ الجـذورِ والرمـالِ بحثًـا عـن قُفـلِ الغطـاءِ، ووجـدَهُ أخـيرًا.

أدخلَ المِفتاحَ في القُفلِ وهو يسمِّي باسمِ اللهِ الرحمنِ الرحيمِ.
فُتح القُفلُ، ورفعَ عبدُ اللهِ الغطاءَ.
في البدايةِ لم يرَ شيئًا سوى السوادِ.
فمدَّ رأسَهُ أكثرَ لعلَّهُ يرى أفضلَ.

قفـزتِ الغزالـةُ برشـاقةٍ إلى الداخـلِ، فصـاحَ عبـدُ اللـهِ ومـدَّ يـدَهُ لينتشِـلَها وينقذَهـا، لكنَّـهُ فقـدَ توازنَـهُ ووقـعَ خلفَهـا.
وقعَ عبدُ اللهِ في نَفَقٍ تُـرابيٍّ، مسحَ عينيـهِ مـنَ الغبـارِ، فـرأى الغزالةَ تعدو أمامَـهُ نحوَ مـكانٍ مضيءٍ.
تبِعَ عبدُ اللهِ الغزالةَ نحوَ النورِ.
بعـدَ ثـوانٍ مـنَ المشي وجـدَ عبـدُ اللـهِ نفسَـهُ في باديـةٍ جميلـةٍ، مفروشـةٍ بالنباتـاتِ المتنوعـةِ، ومُحاطـةٍ بأشـجارِ السـدرِ والغـافِ والقـرمِ، ثـم رأى قُطعانَ الغزلانِ مـن كلِّ الأنـواعِ التـي سـمعَ عنهـا، كانَ المشـهدُ بديعًـا بالفعـلِ.

قفزتِ الريمُ من مكانٍ إلى آخرَ، كأنها تبحثُ عن شيءٍ.
بعدَ قليلٍ، توقَّفتْ عندَ نبتةٍ خضراءَ وراحتْ تتشمَّمُها، ثم اندفعتْ تأكلُ منها.
راقبَ عبدُ اللهِ ما يجري، وانتهزَ فرصةَ هدوءِ الريمِ ليتفحَّصَ قروحَ قرنَيْها.

تمعَّنَ أكثرَ وأكثرَ، ولاحظَ كيفَ بدأتِ القروحُ تَقِلُّ تدريجيًّا، حتى اختفى معظمُها.
حينَ توقفتِ الغزالةُ عن الأكلِ شُفِيَتْ تمامًا.
دُهشَ عبدُ اللهِ مما يجري، فما حدثَ للريمِ يشبهُ السحرَ.
لقد شُفِيَت حينَ أكلتْ من هذهِ النبتةِ.
جلسَ عبدُ اللهِ على الأرضِ وتفحَّصَ النبتةَ.
صاحَ من الدهشةِ حينَ اكتشفَ أن هذهِ النبتةَ تُشبهُ التي رآها في كتابِ جدِّهِ.

الفصلُ
السابع

تجـوَّلَ عبـدُ اللـهِ في المـكانِ فاكتشـفَ أنَّـهُ مـليءٌ بتلـكَ النبتـةِ التـي تُثمـرُ بـذورًا صغـيرةً. انتـزعَ نبتـةً مـن جذورِهـا ليأخذَهـا لجـدِّهِ لاحقًـا، لكـنْ! كيـفَ سـيعودُ إلى جـدِّهِ الآنَ؟

تلفَّتَ حولَهُ مِرارًا، فلم يجدْ أيَّ سبيلٍ للعودةِ.

لم يجدِ النفقَ الذي عبرَهُ ولا الفتحةَ الحديديةَ.

صارتْ أشعَّةُ الشمسِ أقوى، وبدأتْ الحرارةُ ترتفعُ في المكانِ.

جلسَ عبدُ اللـهِ تحـتَ شجرةِ غـافٍ ضخمـةٍ، تفحَّـصَ النبتـةَ التي في يـدِهِ، فوجـدَ أن جذورَهـا هـي نفسُـها التـي كانـتْ فـوقَ الفتحـةِ الحديديةِ.

حدَّثَ نفسَهُ: «كانتِ الريمُ تبحثُ عن النبتةِ لتشفِيَها».

انتبهَ عبدُ اللهِ فجأةً إلى اختفاءِ الريمِ!

قفزَ من مكانِهِ باحثًا عنها.
هل هربتْ مجدَّدًا؟ هل عادتْ إلى المحميَّةِ وتركتْهُ هنا؟
صارَ قلبُ عبدِ اللهِ يخفِقُ من القلقِ والتوتُّرِ.
لقد فقدَ الريمَ، وفقدَ طريقَ العودةِ إلى المحميَّةِ.
بعدَ دقيقتينِ، رأى رجلًا يقتربُ منْهُ.

خافَ عبدُ اللهِ وارتبَكَ. ماذا يفعلُ؟ ومَنْ هذا الرجلُ القادمُ؟ أهو شريرٌ أم طيِّبٌ؟ وهل عليهِ أن يختبئَ منه؟ وأين يُمكنهُ الاختباءُ؟

منْ بعيدٍ قالَ الرجلُ: «السلامُ عليكمْ!»

أجابَ عبدُ اللهِ وقد شعرَ بارتياحٍ لصوتِ الرجلِ: «وعليكُمُ السلامُ».

ظهرتْ بضعةُ غزلانٍ، وقفزتِ الريمُ فجأةً مِنْ بينِها واقتربتْ نحوَ الرجلِ وكأنها تعرفُهُ.

حينَ اقتربَ الرجلُ من عبدِ اللهِ اتَّضحَ أنه رجلٌ مُسِنٌّ.

ورغمَ أن المُسِنَّ كانَ يرتدي ملابسَ تُشبِهُ ملابسَ الرجالِ في الصورِ التي شاهدَها في قسمِ الملابسِ التراثيةِ القطريةِ في المتحفِ الوطنيِّ، فإنَّ عبدَ اللهِ شعرَ بالاطمئنانِ إليْهِ، فصافحَهُ بابتسامةٍ عريضةٍ.

قالَ عبدُ اللهِ: أنا تائهٌ هنا، لا أعرفُ كيفَ أعودُ إلى المحميَّةِ.

العجوزُ: المحميَّةُ؟! ما المحميَّةُ؟

عبدُ اللـهِ: مـكانٌ مثلُ هـذا نحمـي فيـهِ الحيوانـاتِ مـن الصيـدِ والأمـراضِ المميتـةِ.

العجـوزُ: جيِّـدٌ، أنـا أيضًـا أحمـي هـذا المـكانَ مـن الصياديـن، أمـا الأمـراضُ فـالأرضُ هـي التـي تحمـي الكائنـاتِ منهـا.

عبدُ اللـهِ: «تقصـدُ هـذهِ؟ رفـعَ عبـدُ اللـهِ النبتـةَ التـي في يـدِهِ نحـوَ عينـيِ العجـوزِ».

نظـرَ العجـوزُ إلى النبتـةِ ثـم قـالَ: «نعـم، هـذهِ النبتـةُ نـوعٌ مـن أنـواعِ نبـاتِ الغَضـا، وهـي تَشْـفي الحيوانـاتِ مـن القـروحِ».

عبدُ اللـهِ: «رأيـتُ هـذا بعينـيَّ قبـلَ قليـلٍ، كانـتْ غزالتـي مريضـةً وحـينَ أكلَـتْ منهـا شُـفِيَتْ بسرعـةٍ».

العجـوزُ: «لـذا أجمـعُ كلَّ فـترةٍ بـذورَ نبـاتِ الغضـا، وأزرعُهـا في أماكـنَ مختلفـةٍ هنـا كي تتكاثـرَ».

عبـدُ اللـهِ: «بـاركَ اللـهُ فيـكَ، هـذا عمـلٌ رائـعٌ، لا تسـتحقُّ هـذه الغـزلانُ إلا كلَّ خـيرٍ».

العجوزُ: «من أين أتيتَ؟»

عبدُ اللهِ: «أتيتُ من خورِ حسَّانَ، وكنتُ أزورُ محميَّةَ رأسِ عشيرج».

العجـوزُ: «وأنـا أتيـتُ مـن رأسِ عشـيرج، لكنـي لم أركَ سـابقًا، تبـدو مختلفًـا عـن كلِّ الأولادِ الذيـن أعرفُهـم».

عبدُ اللهِ: «وأنتَ كذلك تبدو مختلفًا عن كلِّ الرجالِ الذين أعرفُهم».

قفزتِ الريمُ فجأةً نحوَ عبدِ اللهِ، فربَّتَ بحنانٍ على رقبتِها قائلًا: «لا تقلقي يا غزالتي، هذا الرجلُ الطيبُ صديقٌ وليسَ عدوًّا».

ربَّتَ العجوزُ بدورِهِ على رقبةِ الريمِ وقالَ: «إنها بديعةُ الجمالِ! ويبدو أنها عطشى، وأنتَ كذلك، تعالَ معيَ لأدُلَّكَ على البئرِ».

عبدُ اللهِ: «شكرًا لكَ يا عمَّاهُ! أنا عطشانُ بالفعلِ».

العجوزُ: «لا شكرَ على واجبٍ، أنت ضيفُنا، وإكرامُ الضيفِ من عاداتِنا الأصيلةِ».

تبِعَ عبدُ اللهِ وغزالتُهُ الرجلَ العجوزَ حتى وصلوا إلى بئرِ ماءٍ، عُلِّقتْ فيهِ قِربةٌ من جلدِ الماعزِ.

دلَّى العجوزُ القِربةَ في البئرِ، ثم أخرجَها وأعطاها لعبدِ اللهِ ليشربَ هو والريمُ.

قالَ عبدُ اللهِ: «الحمدُ للهِ على نعمةِ الماءِ، عمَّاهُ! هل يمكنُني استخدامُ هاتفِك النقالِ للاتصالِ بجدِّي؟»

ذُهِلَ العجوزُ وقالَ: «ماذا؟! ما الذي تريدهُ لتتواصلَ مع جدِّكَ؟»

فهمَ عبدُ اللهِ أن العجوزَ لم يسمعْ يومًا بشيءٍ اسمهُ هاتفٌ نقَّالٌ، وتذكَّرَ أن جدَّهُ قالَ إن اسمَ المِفتاحِ العجيبِ «مِفتاحُ الأزمنةِ».

حدَّث عبدُ اللهِ نفسَهُ: «أنا لستُ في زمني! لقد سافرتُ عبرَ الزمنِ!»

لاحظَ العجوزُ شرودَ عبدِ اللهِ فقالَ له: «هل لديكَ مشكلةٌ يا ولدي؟»

أجابَ عبدُ اللهِ: «مشكلةٌ؟ آه! نعم، أُصيبتْ غزلاني بمرضٍ وقد وجدتُ الدواءَ هنا، أريدُ أن آخذَ بعضَ النباتاتِ معي، هل تسمحُ لي؟»

ابتسمَ العجوزُ وأجابَ: «بالطبعِ، على الرحبِ والسعةِ، خذْ ما يحلو لكَ، وخذْ بعضَ البذورِ لتزرعَها ولتكونَ هذه النباتاتُ دائمًا قربَ غزلانِكَ».

عبدُ اللهِ: «فكرةٌ صائبةٌ، هذا ما سأفعلُهُ».

العجوزُ: «سأساعدُكَ، سأجمعُ معكَ بعضَ النباتاتِ والبذورَ، وسأعطيكَ جِرابي لتضعَها فيهِ».

جمعَ عبدُ اللهِ والعجوزُ النباتاتِ، وتحديدًا النباتاتِ التي تحملُ بذورًا ناضجةً.

شـعرَ عبـدُ اللـهِ بالعطـشِ مجـدَّدًا، فعـادَ إلى البـئرِ ليـشربَ، وتبعتْـهُ الريـمُ التـي كانـتْ تحمـلُ الجِـرابَ عـلى ظهرِهـا.

حـينَ ألقـى عبـدُ اللـهِ القِربـةَ في البـئرِ علِقـتْ ذراعُـهُ بالحبـلِ فوقـعَ في البـئرِ، حاولـتِ الريـمُ أن تسـحبَ الحبـلَ وتسـاعدَ عبـدَ اللـهِ، لكنهـا لحقَـتْ بـه ووقعـتْ هـي أيضًـا في البـئرِ.

وصلَ عبدُ اللهِ وغزالَتُهُ إلى قعرِ البئرِ، وغمرتْهما المياهُ.

صرخَ عبـدُ اللـهِ طالبًـا النجـدةَ ولم يسـمعْ إلا صـدى صوتِـهِ، وفجـأةً وجـدَ شـيئًا غريبًـا أمامَـهُ.

وجدَ بابًا حجريًّا في جدارِ البئرِ، ثم بدأَ المِفتاحُ في جيبِهِ يهتزُّ.

سارعَ عبدُ اللهِ إلى فتحِ البابِ، وهو يأملُ أن يعيدَهُ إلى زمنِهِ.

الفصلُ الثامن

فُتِحَ البابُ وخرجَ منهُ نورٌ قويٌّ. غطَّى عبدُ اللهِ عينيْهِ ليحميَهما من ضوءِ النهارِ القويِّ، ثم فتحَهما ليرى جدَّهُ أمامَهُ عندَ بوَّابةِ المحميَّةِ.

قالَ الجدُّ: «ها أنتَ! في الموعدِ تمامًا».

تعجَّبَ عبدُ اللهِ من الأمرِ، وسألَ جدَّهُ بقلقٍ: «ألستَ غاضبًا منِّي؟ لقدْ تأخَّرْتُ».

نظرَ الجدُّ إلى ساعةِ يدِهِ وقالَ: «لا، لم تتأخَّرْ، مضتْ عشرُ دقائقَ».

كانَ المِفتاحُ العجيبُ لا يزالُ في يدِ عبدِ اللهِ، فنظرَ إليْهِ مبتَسِمًا وهمسَ لنفسِهِ: «بالتأكيدِ، عشرُ دقائقَ عجيبةٌ!».

أعـادَ عبـدُ اللـهِ المِفتـاحَ إلى جيبِـهِ بينـما جـدُّهُ ينظـرُ بذهـولٍ نحـوَ الغزالـةِ التـي تقـتربُ منـهُ.

صاحَ الجدُّ: «آه! إنها الريمُ! أليسَ كذلِكَ؟»

ضَحِكَ عبدُ اللهِ وقالَ: «نعم الريمُ، عثرتُ عليها».

الجدُّ: «وماذا تحملُ على ظهرِها؟»

عبدُ اللـهِ: «آه! الحمـدُ للـهِ أنَّـهُ لا يـزالُ معَـها، إنـه جِـرابٌ وضعْـتُ فيـهِ دواءَ القـروحِ».

الجدُّ: «وهل وجدتَ دواءَ القروحِ؟! كيف؟! وأينَ؟! وما هو؟!»

عبدُ اللهِ: «هذه أسئلةٌ كثيرةٌ يا جدِّي وأنا عطشانُ ومتعبٌ، لندخلْ إلى المحميَّةِ وسأحكي لك كلَّ شيءٍ».

وافقَ الجدُّ: «صحيحٌ، وأنا أيضًا عطشانُ، فلْندخلْ».

دخلَ عبدُ اللهِ والجدُّ إلى المحميَّةِ، أطلقا الريمَ وسَطَ الغزلانِ، ثم جَلَسا في بهوِ الإدارةِ.

وبعدَ أن غَسَلا أيديهما ووجهيهما وشربا، فتحَ عبدُ اللهِ الجِرابَ، وأخرجَ ما فيهِ من نباتاتٍ وبذورٍ.

ثم شرحَ ما حدَثَ قائلًا: «وجدتُ الريمَ وهي تبحثُ عن هذهِ النبتةِ، كانتْ تحفرُ في مكانٍ ما، لم تكنْ تحاوِلُ الهربَ لتنجوَ من مرضِ القروحِ أو لتحافظَ على جمالِها، كما قالَ أحدُهم».

الجدُّ: «بالطبعِ لا، ربما كانَ يمزحُ، أو لا يعرفُ الريمَ جيِّدًا».

عبدُ اللهِ: «الريمُ ليستْ جميلةً فقط بل هي ذكيةٌ، لقد عرَفَتْ أن هذا النباتَ هو الدواءُ، سأثبِتُ لأخويَّ وللجميعِ ما كنتُ أقولُهُ دائمًا، لقد عرفتِ الريمُ ما لم نعرفْهُ جميعًا، حتَّى الأطباءُ! لا أعرفُ كيفَ عرَفَتْ، وهذا لا يهُمُّ الآنَ، ما يهمُّ هو أن نزرعَ هذه البذورَ لتنموَ النبتةُ الشافيةُ مُجدَّدًا في المنطقةِ، كما سنُطْعِمُ الغزلانَ المريضةَ من هذه النباتاتِ، وسترى كيفَ أنها ستشفَى في الحالِ، رأيتُ قَرْنَي الريمِ يَشْفيانِ في ثوانٍ حينَ أكلَتْ نبتةَ الضغا... بل الفضا؟ نسيتُ اسمَها.

أمسكَ الجدُّ إحدى النبتاتِ، وتفحَّصَها، ثم قالَ بعدَ تفكيرٍ: «تشبِهُ نباتَ الغَضا، إنها من عائلتِهِ نفسِها، وتشبِهُ تلك النبتةَ التي في الكتابِ».

صاحَ عبدُ اللهِ: «نعم!! هذا ما قالَهُ العجوزُ لي».

الجدُّ: «أيُّ عجوزٍ؟»
عبدُ اللـهِ: «قابلْتُـهُ في الباديـةِ، إنـه يعتَنـي بحيواناتِهـا ونباتاتِهـا، قـالَ إن هـذه نـوعٌ مـن أنـواعِ نبـاتِ الغَضـا الـذي يَشـفي قُـروحَ الغـزلانِ، وهـو يجمـعُ بذورَهـا الناضجـةَ، ويزرعُهـا كي يُؤمِّـنَ الغـذاءَ والـدواءَ لتلـك الغـزلانِ».
الجـدُّ: «سـنفعلُ مثلَـهُ تمامًـا، هيَّـا تعـالَ معـي لنخـبرَ المشرفـين عـلى المحميَّـةِ».
قفـزَ عبـدُ اللهِ بحماسـةٍ، وحمـلَ الجِـرابَ، وهـمَّ بالانطلاقِ، فاسـتوقفَهُ الجـدُّ ممسِـكًا بذراعِـهِ وقـالَ لـه بهـدوءٍ: «عبـدَ اللـهِ! أنـا فخـورٌ بـك. ثروتُنـا الحيوانيـةُ والنباتيـةُ ثـروةٌ حقيقيـةٌ، وأنـت قدَّمـتَ خدمـةً كبـيرةً لحمايتِهـا».
احمـرَّتْ وجنتـا عبـدِ اللـهِ مـن الإطـراءِ، وقـالَ: «أنـتَ مـن علَّمنـي أن أُحـبَّ ثـرواتِ وطنـي، وأن أحـترمَ كلَّ الكائنـاتِ يـا جـدِّي».
الجـدُّ: «ونِعْـمَ التلميـذُ الشـجاعُ والمتحمِّـسُ، هيَّـا بنـا، أمامَنـا الكثـيرُ مـن العمـلِ».
أطعـمَ عبـدُ اللـهِ الغـزلانَ المريضـةَ النبـاتَ الـذي جلَبَـهُ، فشُـفِيَتْ في الحـالِ وسَـطَ ذهـولِ الجميـعِ.
اهتـمَّ كلُّ العـمَّالِ في المحميَّـةِ بزراعـةِ تلـكَ النبتـةِ التـي انقرضـتْ مـن الشَّـمالِ كلِّهِ.
وبينـما عبـدُ اللـهِ يلتقِـطُ الصـورَ بواسـطةِ الكامـيرا، اقـتربَ منـهُ مديـرُ المحميَّـةِ، فخـافَ عبـدُ اللـهِ مـن أن يؤنِّبَـهُ ويخبرَهُ بـأن التصويـرَ ممنوعٌ.
قـالَ المديـرُ المبتسـمُ لعبـدِ اللـهِ: «أحسـنتَ صُنعًـا أيُّهـا الفتـى! أشـكرُكَ لأنـكَ عـثرتَ عـلى هـذه البـذورِ. سـنزرعُها لنحصـلَ عـلى نبتـاتٍ جديـدةٍ، ثـم سـنأخذُ بذورَهـا الناضِجَـةَ ونزرعُهـا مجـدَّدًا،

سنكرِّرُ الأمرَ مَوسمًا بعدَ آخرَ حتى تعودَ هذه النبتةُ إلى ثروتِنا النباتيةِ».

ثم اقتربَ العاملون في المحميَّةِ والجدُّ من عبدِ اللهِ، وقدَّمَ له مديرُ المحميَّةِ درعَ تقديرٍ، وإذنًا مفتوحًا بالدخولِ إلى المحميَّةِ، وبالتأكيدِ إذنًا بالتصويرِ غيرِ المحدودِ.

شعَرَ عبدُ اللهِ بسعادةٍ كبيرةٍ، وشكَرَ الجميعَ على ثقتِهم بهِ.

وأدخلَ يدَهُ إلى جيبِهِ، وضغطَ على المفتاحِ العجيبِ، وشكرهُ في سرِّهِ.
عادَ عبدُ اللهِ متعبًا للغايةِ، ولم يكنْ يقوى على تحريكِ قدميْهِ.
أخبرَ الجدُّ العائلةَ بمغامرةِ عبدِ اللهِ والريمِ، بينما كان عبدُ اللهِ يستمتعُ بشربِ اللبنِ وأكلِ التمرِ والتفاحِ.
أثنى الجميعُ على ذكاءِ الريمِ وشجاعتِها وإصرارِها.
واقتربَ الجدُّ من عبدِ اللهِ، وشجَّعَهُ قائلًا: «ليسَ عليكَ فقط أن تكونَ رشيقًا مثلَ غزالتِكَ، بل مثابرًا مثلَها، والآنَ لديكَ مادَّةٌ جيدةٌ للواجبِ، صحيحٌ؟»
أخرجَ الجدُّ الكاميرا واستعرضَ صورَ المحميَّةِ.
عندئذٍ أُصيبَ عبدُ اللهِ بالصدمةِ، فقد نسيَ أمرَ الواجبِ تمامًا، وصاحَ: «آه! ربَّاهُ! نسيتُ الأمرَ!»
نهضَ والدِ عبدِ اللهِ وقالَ: «هيَّا بنا، سنعودُ إلى الدوحةِ».
استعدتِ الأسرةُ للعودةِ، لكنَّ عبدَ اللهِ تسمَّرَ في مكانِهِ، فقد كانَ يشعرُ بتعبٍ شديدٍ.
نادتْهُ الجُورِي قائلةً: «هيَّا يا عبدَ اللهِ، يجِبُ أن نعودَ إلى الدوحةِ، تعالَ».
لم يستطعْ عبدُ اللهِ أن يتحرَّكَ من التعبِ.
شجَّعَهُ جدُّهُ قائلًا: «هيَّا! نمْ في السيارةِ لبعضِ الوقتِ، وحينَ تصلُ إلى البيتِ، وتأخذُ حمَّامًا منعشًا ستستعيدُ بعضَ نشاطِكَ».
قالَ عبدُ اللهِ ممازحًا: «ليتني عثرتُ على نبتةٍ تمدُّني بالنشاطِ».
ضَحِكَ الجدُّ من الفكرةِ، وقالَ: «ولِمَ لا، سنبحَثُ عنها الأسبوعَ القادمَ».